EL BAR
DE
LOS SIETE MARES
Cócteles del mundo

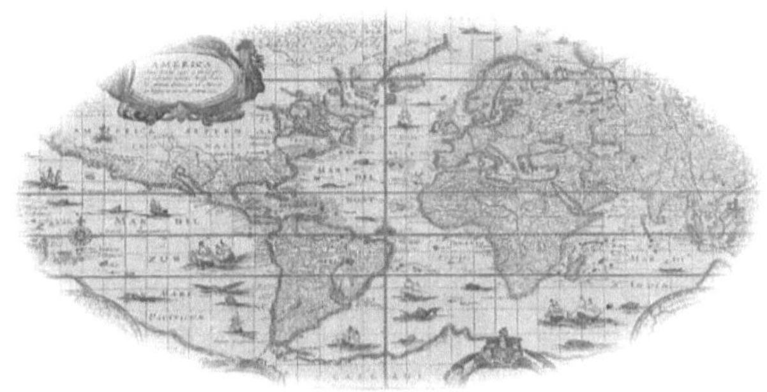

José Curipán Toledo

EL BAR DE LOS SIETE MARES cócteles del mundo.
Primera edición.

Editorial Araucaria
Diseño de portada: Editorial Araucaria
editorialaraucaria@gmail.com

INDICE

PROLOGO   5

El viaje de Ulises   9

El Pisco *sour*   27

La *caipiriña*   39

La *margarita*   51

El *Bolshoi Vasili*   61

El *mojito*   71

El arauco miel   81

La vaina   89

Carta de cócteles   99

Glosario de términos   105

Utilería básica   107

PROLOGO

Sabemos que una de las cosas común a las culturas del mundo es la elaboración de bebidas alcohólicas. La curiosidad humana descubrió que algunos productos de origen vegetal al fermentar producían una esencia líquida capaz de alterar sus sentidos; el alcohol. Si quisiéramos descubrir el inicio del consumo de esta sustancia, nuestra memoria se perdería en el tiempo; no podríamos acertar con precisión qué cultura o pueblo primigenio se inició en el uso y disfrute que el alcohol puede producir en las personas. Lo que sí tenemos claro es que es la droga de mayor uso y aceptación social desde tiempos infinitos. Sin temor a equivocarnos podríamos aseverar que el disfrute del alcohol cruza toda la historia de la humanidad y probablemente se inicia con el surgimiento de la agricultura, hace unos 10 mil años.

La historia de esta sustancia está marcada por la aprobación y la prohibición de su uso; en civilizaciones antiguas se utilizaba con fines curativos y en muchos casos con objetivos ceremoniales. Pero cuando su consumo cayó en el abuzo y provocó condiciones de enfermedad por su alto consumo, fue prohibido. En definitivas el alcohol se ha movido entre la aceptación y el rechazo.

Las primeras noticias que tenemos de bebidas alcohólicas las encontramos provenientes de la zona del actual Irán que a través de la arqueología nos muestra relatos que hablan de recetas de cerveza elaboradas sistemáticamente ya en el IV milenio antes de Cristo en el antiguo Elam. Y, al parecer las primeras producciones de vino se encuentran en la misma zona geográfica de cuerdo a otros testimonios arqueológicos que indican su origen en los montes Zagros, durante el neolítico.

Un salto importante en la historia del alcohol lo marca la aparición de los destilados espirituosos que en principio consistía, simplemente, en destilar el alcohol de frutas y flores para extraer sus esencias aromáticas para ser usadas en la fabricación de perfumes. También, sabemos que en la época del 800 antes de Cristo, aproximadamente, los chinos obtenían destilados espirituosos del arroz y lo utilizaban para emborracharse. Además, hay certeza que en la antigua Roma y Grecia la técnica del destilado era plenamente conocida.

Como hemos señalado, el alcohol siempre ha estado al servicio de los placeres humanos, principalmente como droga para el consumo social y con fines sibaríticos. Esto, más la parición constante de nuevos destilados provenientes de distintos frutos como la uva, la cebada y la caña de azúcar, entre otros, permitieron la creación de diferentes cócteles al ser mezclados –como experimentación gastronómica- con zumos de frutas, aguas y/o componentes dulces.

Con el paso del tiempo y por medio de ensayos constantes y sucesivos fueron surgiendo tragos que se han convertido en embajadores de diferentes países o culturas. Por ejemplo, si decimos "margarita", estamos diciendo México; si nombramos el *whisky* nos imaginamos a Escocia; el Pisco nos evoca a Chile o Perú. Es así como se han creado cócteles que se han convertido en emblema de cada país o cultura; algunos de los cuales han alcanzado reconocimiento a escala mundial. Esto nos ha inspirado para relatar las historias -en clave de ficción- de algunos de ellos.

Las historias de los cócteles relatadas en este trabajo son el recuerdo personal del autor que conoció cada uno de los tragos en su país y ciudad de origen y observó directamente la preparación de cada uno de ellos. Al pasar por cada uno de los relatos, el lector "conocerá" la historia de cómo se crearon algunas de las creaciones más famosas de la cóctelería internacional y aprenderá la técnica correcta para su preparación.

En resumen, este libro es un intento literario por mostrar una carta de tragos que estén a la disposición cotidiana de quien desee preparar en forma correcta y fácil algunos tragos de nivel mundial.

José Curipán Toledo
Mayo de 2020

EL VIAJE DE ULISES

EL VIAJE DE ULISES

Las golpizas que su padre le propinaba tupido y parejo forzó a que Ulises empacara sus pocas pilchas y se mandase cambiar sin rumbo conocido; a donde el destino lo llevara. Tenía apenas 16 años y la falta de hogar en su casa lo llevó a no escuchar a nadie y dejar tras de sí a su familia disfuncional. Los llantos de su madre y hermana menor no lo conmovieron como para hacerlo desistir de su fuga.

Con el tiempo, sólo recordaría de aquella fatídica despedida que se alejó con los gritos de amenazas de muerte que su beodo padre le profería desde el destartalado sillón donde yacía totalmente borracho.

Al atardecer llegó a orillas del puerto que no descansaba de recibir y despachar navíos de todos los confines de la tierra. Ulises sabía que ese era un buen sitio para encontrar ocupación a cambio de comida, y quizás un lugar donde dormir. A su temprana edad estaba dispuesto a trabajar en lo que fuera con tal de no volver con la cola entre las piernas a la casa de su padre. A la distancia vio cómo un grupo de hombres descargaban a pulso un barco llamado como él: "Ulises".

Los hombres subían y bajaban como hormigas por un puente de gruesos tablones que unía la cubierta del barco con el muelle. Bajaban veloces con torres de cajas de plátanos al hombro que iban apilando en la parte trasera de un enorme camión que los esperaba y volvían a la carrera por más cajas, como si de eso dependieran sus vidas. La descarga era supervisada por un enorme hombre con gorra marinera, de rostro reseco por el aire marino, y cojo de la pierna derecha.

El joven se aproximó al barco para ver de cerca cómo se desenvolvían los hombres con la carga; sintió el jadear y olor a transpiración que los cargadores exhalaban al pasar a la carrera por su lado. Observó que la rampla de gruesa madera crujía y se arqueaba bajo los pies que corrían raudos entre el muelle y el buque. Los mortales se movían con destreza cargando de a varias cajas sobre sus hombros, y aunque el trabajo se hacía rápidamente el enorme hombre de gorra marinera no dejaba de azuzarlos para que no bajaran el ritmo del trabajo.

Ulises, por curiosidad y con mucho cuidado, dio unos pasos hacia la embarcación para mirar el espacio que quedaba entre el buque y el muelle. Vio que el barco se mantenía separado del muelle apoyándose en enormes soportes de goma que lo mantenían a unos dos metros de tierra firme. Estaba en eso -pensando que caer por ese tenebroso espacio era pasaje seguro al más allá- cuando pasó a milímetros de su cabeza un par de cajas bananeras y tras de ellas el cuerpo de un jovencito en caída libre directo al abismo entre el barco y el muelle. El pobre desgraciado cayó sobre uno de los soportes de goma donde dio un rebote y fue a parar al agua profunda. Todos los trabajadores corrieron a mirar al accidentado mientras gritan:

- ¡Capitán! ¡Capitán! ¡Su hijo cayó al agua!

El gigantón que dirigía el trabajo en la cubierta se asomó por la baranda y con cara de desesperación comenzó a bajar, rengueando, por la rampla mientras gritaba:

- ¡Aguanta hijo! ¡Ahí voy! ¡Aguanta!

Nadie atinaba a hacer nada más que a gritar y chillar como ratas en peligro mientras veían con desesperación al jovencito sumergirse y reflotar tambaleado por el oleaje frio del mar. Ulises pensando rápidamente, corrió al camión desde donde tomó una soga y volvió raudo para lanzársela al pobre infeliz que se aferraba a la vida dando manotazos al agua que se empeñaba en tragárselo.

El capitán llegó corriendo a brincos hasta la orilla de la horrible escena y con las manos en la cabeza se maldecía por no saber nadar. Su hijo girar a la deriva lanzando gritos sin poder agarrar la cuerda lanzada para socorrerlo. Los hombres desde la orilla del muelle solo gritaban y movían la cuerda en un acto desesperado para salvar la vida del desdichado que entró en pánico y se hundió desapareciendo tragado por el mar.

Cuando Ulises escucho al padre gritar desesperadamente: "¡Se está ahogando! ¡Se ahoga! ¡Se ahoga!" -mientras era retenido por sus hombres para que no saltara al agua- sin pensarlo dos veces, se quitó su roñoso abrigo y brincó al abismo con los pies por delante. El chapuzón en el agua lo hundió un par de metros hasta alcanzar a agarrar, a la pasada, al desdichado. Con toda la fuerza de sus escasos años lo jaló hacia la superficie donde lo mantuvo con la cabeza fuera del agua y con una destreza nunca antes experimenta por él lo ató por debajo de los brazos con la cuerda.

Los cargadores jalaron la cuerda con el cuerpo de su compañero hasta la cubierta del muelle donde lo asistieron hasta reponerlo de la fatídica experiencia de ser devorado por el mar.

Cuando Ulises salió del agua lo estaba esperando el gigantón capitán que mientras lo abrazaba y le besaba la frente, le decía:

-Muchacho, pide lo que quieras, te debemos la vida. Te debo la vida de mi hijo y la mía. Pídeme lo que quieras. ¡Vamos!

-Señor, señor... –respondió Ulises, sin saber qué decir.

-Vamos, vamos, sube al barco. Sécate la ropa. Come algo y me dices cómo te puedo agradecer –agregó el capitán guiando al salvador de su hijo hacia la cubierta del barco.

El héroe, después de sacarse la ropa empapada y de ponerse unas prendas del hijo del capitán, se dirigió hasta el comedor de la nave donde ya estaba el rescato de las aguas tomando una taza de café junto a su padre. Ulises se sentó frente al padre y su hijo y bebió del humeante tazón de café que esperaba por él. Tomó el café y comió el *sándwich* de queso caliente que le ofreció diligentemente el cocinero. El gigantón y su hijo lo miraban con agradecimiento y tratando de comprender de dónde había salido este esmirriado y providencial salvavidas.

Cuando terminó de comer y pensar sobre el ofrecimiento del capitán, levantó la vista y dijo:

-Quiero trabajo en su barco. Me quiero ir lejos de aquí.

-Hecho –respondió el capitán–, ¿qué sabes hacer?

-Puedo ser cargador, señor –respondió Ulises.

- ¿Estibador? eso no es para ti. ¿Qué más sabes hacer? –dijo hombre.

Ulises no comprendió lo de "eso no es para ti", si el capitán tenía a su propio hijo trabajaba como cargador.

El capitán adivinando los pensamientos del joven le dijo:

-Mi hijo tiene su futuro asegurado. Él será, algún día, el capitán de mi barco. Por eso debe saber cómo tratar a sus trabajadores y eso sólo se aprende con la experiencia propia.

- ¿Qué otra cosa sabes hacer? –agregó el capitán.

-También se cocinar.

-Perfecto, serás el ayudante de Néstor, él está viejo y necesita ayuda. ¿Cómo te llamas, hijo?

-Me llamo como su barco: "Ulises"

-Hermoso nombre. Yo me llamo Homero y mi hijo se llama Nicos. Somos griegos. ¿Y por qué te llamas como mi barco?

-Mi madre dice que con este nombre estoy destinado a volver siempre, aunque me vaya lejos.

-Es verdad, por eso mismo le puse "Ulises" a mi barco.

Esa misma noche el barco zarpó con su nuevo tripulante, rumbo al sur, a cargar madera talada de los bosques nativos. En Europa debía cargar muebles, ropa y un cuánto hay de productos de consumo que irían subiendo desde los puertos del viejo continente para llevárselos a comerciantes del resto del mundo. La entrega partiría por el norte de Europa hasta llegar nuevamente a Valparaíso.

Ulises, durante la travesía, se dio cuenta que en cada recalada había un producto que sin falta se cargaba y descargaba; botellas de licores, de diversos tipos y procedencias: vino de Chile; whisky de Escocia; tequila de México; vodka de Rusia; cerveza de Alemania, etc. El tráfico del alcohol aseguraba la navegación del "Ulises" por los siete mares del planeta. Había puertos donde no se subía ni se bajaba ningún tipo de producto, salvo los destilados de todas las calañas. Se dio cuenta que en las mesas del mundo podía faltar cualquier cosa menos el alcohol. Más aún: los licores llegaban a todos sin discriminar a nadie, no conocían de clases sociales, ni de edad, ni de género. A algunos los enriquecía y a otros, como a su padre, los sumía en la degradación humana. "Es la mejor moneda de cambio" –repetía el capitán Homero cada vez que veía circular la carga etílica entre su barco y los muelles por donde pasaba.

El "Ulises" contaba con una espléndida barra de licores en la cabina del capitán. Ahí el gigantón pasaba sus tardes leyendo y disfrutando de algún trago preparado por él mismo. Era tal el cariño que sentía por sus licores que jamás se embriagaba "para no ofenderlos" –como solía decir a sus invitados cuando les proponía compartir un cóctel con él.

El capitán Homero se jactaba de conocer el origen y propiedad de cada destilado: si alguien se sentía resfriado le daba a beber licor de anís, y si no tenía éxito en su prescripción le daba Vodka macerado con ajo; si alguien estaba con dolores estomacales le daba una pócima de Ginebra mezclada con algún *bitter*; para el dolor de cabeza recomendaba café cargado con un chorrito de Borbón; si uno de sus hombres presentaba síntomas de nostalgia por la lejanía de la mujer amada, le servía Cachaza con jugo de piña. En fin, el capitán creía que a cada hombre y sentimiento le correspondía un tipo de licor. Pensaba que el trago adecuado podía elevar o hundir a un hombre. Por esto él los trataba con respeto en sus preparaciones.

El barco llegaba a puerto e inmediatamente comenzaban con el tráfico de mercaderías. Los hombres trabajaban duro y sin descanso hasta que la nueva carga estaba asegurada para emprender rumbo a su nuevo destino. Una vez terminada las labores de estiba los tripulantes quedaban liberados por un día completo para irse de juerga por los bares del puerto. La filosofía del capitán le decía que los hombres que podían regresar al "Ulises" antes de zarpar –indefectiblemente a las 6 de la madrugada- eran hombres de fuerte carácter, capaces de no naufragar en las cantinas ni en los brazos de las mujeres que los esperaban para entregarles cariño cada seis meses. Así era la vida de los navegantes del "Ulises".

La llegada al puerto de Londres, el más grande del mundo por ese tiempo, dejó a Ulises con la boca abierta; jamás había imaginado que pudiera ver tanto barco junto. En el puerto se podía oír gente hablando en cuanto idioma conocido existía. Era como si la Torre de Babel se extendiera a lo largo del Rio Támesis.

Después de descargar las mercaderías y de acomodar las que debían entregar más adelante, los hombres tomaron su día de asueto. Ulises, aceptó con gusto la invitación a parrandear que le hizo un par de jóvenes tripulantes; un peruano y un chileno. Sus compañeros de juerga ya tenían planificado el panorama que los esperaba: primero irían a comer y comprar alguna baratija para regalar a la mujer que los esperaba en su próxima parada antes de gastar todo el resto en las cantinas y bares del puerto. Antes de bajar a tierra se echaron al bolsillo un par de suvenires que traían para las mujeres que irían a ver en este puerto. Lo primero que hicieron fue comer -a la pasada- *Fish & Chips* (pescado y papas) en cambucho de papel acompañado de cerveza de barril. Para el medio día siguieron por los mercados comiendo algo y tomando más cerveza. Llegado el atardecer dirigieron sus pasos en busca del bar en donde gastarían hasta el último centavo que tuvieran en los bolsillos.

La búsqueda los llevó hasta el bar *The George Inn*, un lugar añoso que se conocía popularmente por su cerveza y el mito urbano de ser el lugar frecuentado por William Shakespeare en su etapa más creativa. El dueño del bar se afanaba en acrecentar el mito asegurando que el genio del escritor se debía a la calidad de su cerveza que hacía delirar al poeta para hacerlo parir personales conflictivos. Los amigos entraron a la cantina que, ya a esa hora, se encontraba abarrotada de hombres y mujeres, tomando y riendo con la esperanza de que la noche no acabase jamás. Para Ulises era como estar en otra dimensión y por un instante trató de comprender por qué su padre sucumbió, hasta la perdición, en el placer del alcohol. El calor de la Ginebra y la cerveza lo llevó hasta un plano en donde todo era alegría, risa y placer. Bebió, con sus amigos y a unas mujeres que no paraban de cantar y beber a la par con ellos, hasta perder el conocimiento

Despertó cuando se sintió caer sobre el lecho de su camarote en el barco. Abrió los ojos y vio a sus amigos de parranda acomodándolo sobre la cama. Ambos se reían con descaro del estado en que se encontraba el novato marinero.

-¿Qué pasó, por qué nos vinimos? –les preguntó confundido.

-Ya vamos a zarpar, pe'. Se terminó el descanso. Duerme una rato, pe' –le respondió el peruano.

Cuando ya se encontraban en altamar el capitán entró a la cocina en donde se encontraba Ulises ayudando a preparar los ingredientes para el almuerzo de la tripulación. El capitán se percató que el joven no estaba bien, que se encontraba demacrado y con una visible resaca que le revolvía la cabeza. Se acercó al novato, lo tomó por el hombro y lo invitó a salir a cubierta para conversar.

En la cubierta del barco y apoyados en la balaustra de cubierta, el capitán inicio la conversación:

-¿Cómo estás, alcanzaste a conocer algo de la ciudad?

-No pude conocer mucho.

-Bueno, si quieres conocer más debes dejar las malas juntas y dejar de emborracharte, así solo conocerás un par de bares sin ningún provecho para ti. ¿Por qué te embarcaste conmigo, hijo?

-Quiero escapar de mi padre alcohólico, capitán.

-Entiendo. Buscas un hogar, pero el "Ulises" no es ese lugar. Los hombres debemos tener un hogar en tierra firme, donde sea, pero en tierra firme. Mira, aún eres muy joven, tienes todo el tiempo por delante, no te apresures, la vida está en todas partes -le hablaba con cariño el capitán-, mi hijo y yo tenemos una gran deuda contigo, nos salvaste la vida y eso no tiene precio. Te propongo lo siguiente: quédate a vivir un tiempo en el puerto que elijas y a la vuelta me cuentas si te quedas o sigues más adelante buscando tu hogar. Yo conozco gente en cada puerto en donde puedes quedarte a cambio de trabajo, ¿qué te parece?

La propuesta lo pilló desprevenido, pero también lo alegró, el capitán le ofrecía que conociera el mundo sin dejarlo abandonado a su suerte. Por primera vez en su corta vida se sintió seguro. Aceptó la propuesta y desembarcó en el próximo puerto.

En Dublín, el capitán lo dejo bajo la protección de su amigo Liam, en el *Brazen Head.* El lugar era una taberna donde se servía comida y tragos típicos de Irlanda. La taberna siempre estaba llena de gente que entraban para capear el permanente frio de la isla. Ulises trabajaba haciendo de todo: barría el local, limpiaba los vidrios, ayudaba a cocinar, iba de compras, y por las noches atendía las mesas por donde desfilaban los platos con estofado irlandés acompañados de enormes jarros de cerveza o vasos de whisky.

El joven, durante las noches en el bar veía cómo los visitantes consumían con pasión los licores que pedían unos tras otros. Esto lo llevó a ver con curiosidad la atracción fatal que ejercía el alcohol sobre los hombres en cualquier latitud de la tierra. Pero la curiosidad iba más allá del flagelo que atormentaba a su padre, sino era más cercano al placer que embargaba al capitán Homero por los cócteles que preparaba en su cabina.

Ulises no se dio cuenta cómo transcurrieron velozmente los seis meses desde que desembarcó en Dublín, hasta que una voz conocida le pidió que le sirviera un *Café Irlandés*. Levantó la mirada desde el periódico en donde se empeñaba en resolver un puzle endemoniado y vio, sonriente frente a él, al capitán Homero.

-Cómo estas querido Ulises, qué has decido ¿te vas con nosotros o te quedas? –lo saludo y le preguntó con cariño su mentor.

-Me voy con usted, capitán. Ya sé dónde quiero vivir y en qué trabajar, pero antes quiero recorrer el resto de los puertos por donde atraca su barco –respondió Ulises mientras lo abrazaba con afecto.

Al otro día, muy temprano, Ulises subió al barco, sabía claramente dónde quería llegar y a qué dedicar su vida, pero el camino de regreso a su puerto natal debía estar precedido por la recalada en los puertos en donde atracaría el "Ulises".

Durante su periplo de regreso recopiló las recetas de los cócteles por donde recalaba el barco. El capitán lo iba dejando empleado, puerto por puerto, en las tabernas de sus amigos alrededor del mundo. Con el dinero ahorrado y su libreta de anotaciones repleta de recetas por fin regresó a su puerto natal en donde abrió a principios de siglo el "Bar de los Siete Mares". La travesía de regreso duró 10 años, entre tragos y amores de puertos.

Su madre tuvo razón al nombrarlo "Ulises"; su nombre lo condenó al regreso.

-o-

EL PISCO SOUR

Perú

28

EL PISCO SOUR

Pisco, limón, azúcar, clara de huevo, hielo y *bitter*.

El primer sábado de febrero Ulises desembarcó en el puerto del Callao. Bajó acompañado de su padre marino; el capitán Homero. El joven se veía feliz, su rostro reflejaba el buen talante con que se enfrentaba a una nueva experiencia de vida en tierras peruana. El capitán y su hijo adoptivo caminaban alegres sorteando los improvisados puestos de ventas de hojas de coca y verduras que ofrecían las cholitas en las veredas de las calles aledañas al mercado de abastos. Al pasar por las cocinerías aprovecharon de disfrutar un gran vaso de jugo de maracuyá, luego retomaron el camino por los pasillos centrales del mercado porteño donde los aromas y variedad de frutos cocinados le indicaban a Ulises que se estaba adentrando en una gran cultura gastronómica. Las pilastras mostraban diferentes tipos de frutos: papas, variopinta cantidad de ajíes y pimentones, múltiples tipos de verduras y gran cantidad de bayas y tubérculos de múltiples colores y tamaños. Los aromas cálidos de las cocinas se dejaban caer sobre ellos cual cantos de sirenas. Los hombres venciendo las tentaciones que le asaltaban el paladar a cada paso, siguieron a duras penas rumbo a la taberna del gringo Morri; antiguo amigo del capitán Homero. Ahí se quedaría Ulises trabajando y aprendiendo, hasta el retorno de su capitán.

El gringo era un personaje en sí mismo: hablaba imitando el acento de los gánsteres que aparecían en las películas. Vestía de forma retorcidamente elegante: traje negro con finas rayas grises, camisa amarilla de cuello almidonado y colleras doradas en los puños, corbata negra con doble nudo *Windsor*, sombrero de ala, y zapatos negros impecablemente brillantes.

El capitán y el gringo se conocieron en California en plena vigencia de la Ley Seca. Ambos habían llegado a uno de los tantos sucuchos que vendían, a escondidas, la etílica droga y terminaron tras las rejas en el mismo calabozo en donde la policía los puso tras uno de los tantos allanamientos a las tabernas clandestinas. En la celda se sentaron uno al lado del otro y emprendieron una charla interminable para pasar el resto de la noche. De pronto y sin aviso previo la charla fue interrumpida bruscamente por otro borracho, que sin explicación alguna, se acercó subrepticiamente hasta donde ellos se encontraban y de un puñetazo mandó lejos al gringo, acto seguido, sacó una navaja y se lanzó contra el hombre tendido en el piso. Homero, solo atinó a interponer su pierna derecha entre el puñal y su amigo de celda que tirado de espalda en el suelo miraba con terror el filo de la navaja que se le venía encima. La cuchilla se encajó completamente en el muslo del capitán y abandonó la mano del criminal. Soportando a duras penas el dolor, Homero se dio valor y le metió un tremendo puñetazo en la cabeza al homicida que quedó boca abajo tirado en el suelo. El gringo salvo su vida gracias a la pierna del capitán.

Ese día, el capitán y el gringo sellaron un pacto tácito de amistad irremediable.

Días después, el gringo se enteró que la agresión sufrida era una *vendetta* urdida por un italiano que lo culpaba de haberle quitado su mujer aprovechándose de su borrachera en uno de los tantos bares clandestinos de California. La acusación no era del todo falsa; la mujer, una hermosa peruana, no fue secuestrada por el gringo, ella misma aprovechó la ocasión para enredarse con el gringo que la miraba desde un rincón del bar cuando el italiano alcohólico se quedó dormido sobre el mesón de la taberna en donde se emborrachaba.

Morri le contó la historia de su romance a su nuevo amigo quien le aconsejó que mejor se fuera de la ciudad porque *se puede perder la razón por una mujer, pero no la vida*. El gringo comprendió el enredo en que se encontraba metido y que la *vendetta* era algo más que un simple capricho para los italianos.

Durante las próximas semanas el gringo se alejó completamente de la vida pública y esperó hasta que su amigo Homero volviera a ponerse de pie sobre su pierna lisiada de por vida. Apenas salió su amigo del hospital donde le remendaron la pierna, el gringo y su cholita se embarcaron en el "Ulises" rumbo a Perú.

El gringo Morri y su mujer desembarcaron en el puerto del Callao, y desde allí se fueron directo al centro de Lima donde con la ayuda de algunos dólares que llevaban, se agenciaron una pequeña casa con espacio suficiente para instalarse con una taberna. Y como al gringo le gustaba presumir le puso a la taberna su propio nombre en forma rimbombante: *The Morri's Bar*.

En la taberna la cholita se dedicaba todo el día a preparar comidas para sus visitantes. Mientras tanto, el gringo se dedicaba a charlar y a contar mentirosas aventuras a sus comensales. Morri se paseaba por la taberna cual pavo real, conversando y ofreciendo tragos que él mismo preparaba.

El trago insignia de la taberna era el *whisky sour*, que según el gringo, él mismo había creado. Pero el *ponchecito*: el trago más popular de Lima, era el preferido por los concurrentes locales. El cóctel consistía en la mezcla de aguardiente de uva –llamado Pisco por los limeños-, azúcar y limón; era un brebaje que no reconocía receta y cada quien lo preparaba como le parecía mejor a su propio paladar, quizás por eso, era el preferido de los limeños. En cambio, el *whisky sour*, sólo lo consumían para poder presumir que habían estado en el *The Morri's Bar* compartiendo con su dueño, El gringo Morri.

Homero y su ahijado llegaron a la calle Conde Boza, al atardecer, justo a la hora en que Morri se pavoneaba en la puerta de su local atrayendo con su facha de gánster y agradables palabras de invitación a los que se aventuraban en busca de un local para pasar un rato entre tragos y comidas.

¡Hello, brother!, por fin regresaste –fue la expresión de cariño del gringo al ver a su salvador aproximarse con una gran sonrisa en señal de saludo.

Luego de abrazarse y palmotearse las espaldas por un buen rato, los hombres entraron directo a la cocina del bar donde Rosita hacia rechinar los *woks* preparando salteado de res con verduras. Una vez lista la comida todos se sentaron a merendar y a ponerse al día con sus vidas. Luego de comer y reírse a destajo, quedaron de acuerdo en que Ulises se quedaría como aprendiz en la taberna hasta que el capitán volviera por él.

Durante su pasantía Ulises aprendió de todo: que hay miles de formas de preparar los mariscos, que efectivamente el *whisky sour* era un plagio del gringo, que Lima es la ciudad de las mejores comidas de Sudamérica, y que el trago más popular de la urbe –el *ponchecito*- se podía mejorar.

Los tragos más solicitados: el *whisky sour* y el *ponchecito,* competían entre sí por los paladares de los clientes. Los visitantes locales pedían de entrada el *whisky sour*, pero terminaban degustando el *ponchecito*. En cambio, los turistas extranjeros realizaban el mismo ritual a la inversa. Algo había en estos cócteles que los hacia competir tan parejamente.

El joven aprendiz se propuso desentrañar el misterio del *ponchecito* que lo hacía tan cotizado por los paisanos, pero sin embargo no podía encantar del todo a los turistas.

Así que decidió dar una vuelta por Lima para catar el brebaje preparado en otras tabernas.

En su periplo por las tabernas y cantinas capitalinas se percató que cada local en sus letreros de bienvenida ofrecía "El mejor *ponchecito* de la ciudad". Ulises probó cientos de *ponchecitos*: unos más dulces, otros con mayor cantidad de alcohol, otros más ácidos, etc. Algunos muy buenos y otros muy malos, aun así, todos tenían fieles consumidores; había paladares para todos. Tenía, eso sí, un lastre que no le permitía llegar a las mesas más refinadas: su presentación no era elegante.

El joven, durante el día hacía de todo en el bar del gringo y por las noches se entregaba a la alquimia de crear un *ponchecito* de alto nivel. Probó con diferentes mezclas: con mucho pisco y con poco; con azúcar y sin ella, etc. Trabajó mucho hasta llegar a una fórmula que según él era perfecta, pero aún faltaba algo: la elegancia. De pronto como una epifanía recordó las palabras del gringo que repetía de vez en cuando que no había nada más elegante en el mundo que el merengue de clara de huevo, por eso se usaba para hacer el postre de los reyes. Puso en la cóctelera su fórmula y le agregó un poco de clara de huevo. Tomó la cóctelera y la batió con energía. El resultado fue un líquido cremoso de un suave tono esmeralda gracias a la yema de huevo. Vertió la pócima en un vaso y vio como la clara de huevo batida iba formando una cubierta de suave y suculenta espuma sobre el *ponchecito*. Ahora, el cóctel tenia buena pinta, se veía como un trago de lujo. Sin embargo, había un problema, la corona de huevo cubría el aroma del Pisco mezclado con limón. Pensó por un rato y encontró la solución; agregó sobre la espuma un par de gotas de Bítter. El aroma de las yerbas maceradas se asentó sobre la espuma e invadió el olfato de Ulises.

Orgulloso de sí mismo se lo dio a aprobar al gringo Morri:

-Está muy bueno. Exquisito, pero igual se nota que es un trago amargo como el *ponchecito*.

-Perfecto, entonces bauticémoslo como Pisco amargo —exclamó Ulises.

El gringo lo pensó un rato… y dijo:

-Mejor bautízalo como Pisco *sour*, así en inglés, porque a esta gente le gusta todo lo que suena a extranjero, ¿por qué crees que me visto con esta facha?

El tiempo transcurrió veloz y el nuevo trago se fue abriendo paso de paladar en paladar hasta invadir toda Lima.

Rápidamente, paso de los barriales a las cartas de tragos *gourmet* de los mejores hoteles capitalinos.

Cuando el capitán Homero regresó por su hijo adoptivo le preguntó qué había aprendido. Ulises lo miró y sin decir palabra, parado en el mesón frente a su protector, tomó la cóctelera en donde puso: 2 cubos de hielo cristal, luego agregó 3 onzas de Pisco transparente de 40°, 1 onza de jugo de limón, más 1 onza de jarabe de azúcar, y -al final- una cucharada de clara de huevo. Acto seguido, cerró la cóctelera y batió la mezcla hasta que el hielo se deshizo por completo. Una vez terminado el batido, escanció la mezcla en una copa alta y la remató con 3 gotitas de *Amargo de Angostura* en la superficie. El aroma del trago invadió el olfato del capitan que observaba con entusiasmo a su ahijado.

-Esto aprendí –respondió Ulises acercando la copa a su padre marino.

-o-

Receta
Origen: Lima, Perú.
Año de creación: 1930, aproximadamente.

Ingredientes: para una porción.
- 3 oz de Pisco transparente de 40º.
- 1 oz de jugo de limón de Pica.
- 1 oz de jarabe de azúcar, o 1 cucharada de azúcar impalpable.
- 1 cucharada de clara de huevo.
- 2 cubos de hielo cristal (hielo hecho con agua desmineralizada).
- 2-3 gotas de *Bítter*.

Presentación:
Mezclar los ingredientes en una cóctelera hasta que el hielo se disuelva.
Servir en una copa alta y adornar con las gotas de *bitter*.
Nota: Preparación para 5-6 porciones: ver la carta de cócteles.

LA CAIPIRIÑA

Brasil

LA CAIPIRIÑA
Cachaza, limón, azúcar, hielo y agua gaseosa.

Con pavor vio como el foco de su camarote se convertía en un inmenso sol radiante que le abrazaba y le estrujaba el sudor hasta empaparlo por completo. A la par los crujidos de la embarcación se fueron convirtiendo en estruendosos aleteos de loros de colores que invadían por completo su camarote. Sentía que el "Ulises" ardía por completo. Miraba sorprendido cada rincón del pequeño cuarto en donde iba apareciendo una tupida vegetación amazónica. En los rincones oscuros veía destellar los ojos de jaguares y ocelotes. También veía las siluetas de monos de cola larga que brincaban y chillaban por todos lados.

Sabía que la próxima recalada seria en el puerto de Santos, el más grande de la costa del Pacifico, y a pesar de la fiebre que lo quemaba, estaba consciente que la exuberante selva brasileña no podía estar en su camarote. Su mente le jugaba una mala pasada. Sabía que los animales que lo acosaban no podían ser reales, pero el miedo a ser presa de uno de ellos le hacía ser cauto con las alucinaciones que invadían su cuarto marinero.

Quieto en su lecho, tratando de controlar los temblores de su fiebre, con las sábanas entre sus manos aferradas a su cuello, veía como su cuarto se estremecía con los sonidos de la selva que lo invadían. De pronto vio que la pared vegetal se abría cual puerta mágica y aparecía el capitán Homero guiado del brazo por una mujer negra. El hombre traía en su mano un gran vaso directo hacia él. Veía que el capitán le hablaba, pero la voz que emitía no era la de él, sino la de la mujer:

-Toma, bebe esta *Garapa* para terminar con la fiebre.

Ulises -sin chistar- estiró la mano, tomó el vaso y lo bebió sin dejar de mirar a la mujer y al capitán inclinados sobre él. Ella, era una mujer de piel negra; de edad bien avanzada, pero sin embargo no lucía vieja; estaba ataviada con un vestido blanco de pollera larga y la parte superior con vívidas flores de colores; el cabello lo traía amarrado con un pañuelo amarillo amarrado sobre su cabeza que hacia resaltar el color verde de sus ojos; era de cuerpo robusto y bien formado. La negra no dejaba de sostener la mano del capitán que afirmaba el vaso para que el enfermo no lo derramara. Una vez terminado el vaso, la mujer le dijo -con la voz del capitán-:

-Ahora, duerme un rato.

El enfermo entró en un sueño que lo llevó hasta un lugar desconocido para él: una hacienda en Sao Paulo donde esclavos negros a las órdenes de su dueño, don Paulo Vieira, no tenían descanso con la siega de la caña de azúcar. Hombres y mujeres trabajaban y cantaban en una infinita comparsa mientras iban formando pilas de cañas, desde donde salían a borbotones ríos de almíbar. De pronto uno de los esclavos comienza a toser contaminando al resto en un tris y como por arte de magia el resto de los esclavos caen al suelo con fuertes dolores agarrándose las cabezas a dos manos.

Ulises miraba con pavor el doloroso paisaje cubierto de cuerpos tumbados por doquier, cuando misteriosamente escuchó la voz del capitán Homero -retumbando desde el cielo- que le ordena:

-¡Corre! ¡Rápido! ¡Busca a la negra Kimani! Dile que prepare mucha *Garapa* para los negros, antes que mueran todos. Ulises giró rápidamente la cabeza para ver desde donde provenía la voz, pero en vez de ver al capitan vio a la misma negra que lo atendió en su lecho de enfermo dando brinco entre los cuerpos esparcidos por la siembra y rociándolos con chorros de agua perfumadas a licor de caña, de lima, de ajos; y todo rodeado de abejas mieleras que iban reviviendo a los desfallecidos que volvían a ponerse de pie para trabajar y cantar mientras levantaban más torres de cañas de azúcar.

Con el descanso del sueño la vegetación y los animales fueron desapareciendo de la cabina de Ulises.

Al amanecer el capitán llegó a visitarlo:

-¿Cómo te sientes? Has pasado toda la noche con fiebre, pero ahora se te ve mejor.

-Estoy bien, ya no me duele la cabeza. El remedio que me dio la negra me hizo bien.

-¿Qué negra?

-La que trajo usted anoche: la negra Kimani.

-Sigues con fiebre, yo no he traído a nadie y aún no llegamos a la costa. A bordo no hay mujeres.

-Pero si usted y la negra me dieron *Garapa,* anoche.

-¿Qué dices? Anoche vine solo y te di una *Caipiriña*; es lo que usan los negros de Brasil para sanar la fiebre. Lo demás lo soñaste.

-¿Y qué es la *Caipiriña*? –preguntó Ulises.

-Es *Cachaza* con limón y azúcar. Ahora duerme un rato más que estamos llegando al puerto. Vamos a bajar todos a comer *feijoada* donde mi amigo Joao, para que te repongas.

Un par de horas más tarde, cuando el sol se encontraba justo sobre sus cabezas, el barco se encontraba amarrando cabos al muelle del puerto de Santos. La rampla del atracadero hervía de gente alegre que trabajaban estibando y descargando decenas de barcos amarrados a todo su largo.

Una vez terminada la descarga el capitán y sus hombres se fueron, hambrientos, en dirección a la taberna del mulato Joao que ya los estaba esperando con la mesa repleta de comida por consejo de su hija Glausia; una jovencita que poseía visiones clarividentes; don heredado de su abuela.

Joao, era un mulato de cabeza canosa, ojos verdes y sonrisa fácil. Vivía solo con su hija. Su mujer los abandonó cuando descubrió las dotes clarividentes de la hija. Al parecer se apresuró a escapar del hogar con su amante, un pescador zambo, antes de que la hija lo adivinara. "No hay problema con la negra, que sea feliz" –decía lacónicamente Joao, cada vez que por desgracia alguien preguntaba por la fugitiva.

"Mañana llega su amigo Homero con sus marineros y viene con un enfermo de la fiebre tropical" –le había advertido Glausia a su padre. El mulato no dudó de la advertencia de la jovencita y se afanó en esperar con la mejor comida y tragos a su viejo amigo: *feijoada* con 5 tipos de carne y cerveza bien helada.

Los amigos se reencontraron al calor de la mesa servida. Entre la comida y los tragos, Homero aprovecho para acordar la estadía de Ulises en la posada de su amigo, le explicó rápidamente los motivos del joven para ir buscando experiencia en cada puerto por donde recalaban.

-No hay problema, yo lo cuido con la ayuda de Glausia –le prometió Joao a su amigo.

Ulises, que se encontraba atento a la conversación de los amigos, preguntó: ¿quién es Glausia?

-Mi hija –respondió Joao-, ahora te la presento. El hombre se paró y se perdió hacia la parte trasera de la taberna.

Volvió acompañado de una jovencita ataviada con un vestido blanco de pollera larga y la parte superior con vívidas flores de colores; el cabello lo traía tomado con un pañuelo amarillo amarrado sobre su cabeza que hacía resaltar el color verde de sus ojos. La imagen de la joven golpeo a Ulises; era igual a la negra Kimani, pero con muchos años menos. La jovencita caminó directo hacia Ulises:

-Hola, Ulises, cómo estas, ¿sirvió la *Garapa?* –dijo, dirigiéndole una sonrisilla cómplice al joven que la miraba atónito.

-Sí. ¿… tú eres la mujer que me ayudó? –balbuceó Ulises.

-No, fue mi abuela Kimani. Ella tenía poderes para sanar a la gente y me cuenta, a veces, lo que pasará.

El capitan que escuchaba sorprendido la conversación, recién ahora le encontró sentido a las aparentes incoherencias que Ulises le había dicho al despertar de su fiebre.

-Pero yo le di *Caipiriña* –se atrevió a interrumpir Homero.

-Mi abuela la convirtió en *Garapa*; es el mejor remedio para la fiebre –refutó la niña.

Todos escuchaban sorprendidos a la joven. Nadie sabía qué decir o a poner en duda las palabras de Glausia. Solo su padre se atrevió a hablar:

-La *Garapa* es un remedio que tomaban los esclavos para sanar la fiebre: es *Cachaza* con limón, ajo y miel, se parece a la *Caipiriña*, pero tiene un sabor horrible. En cambio, la *Caipiriña* es lo mejor, pero solo sirve para sanar las penas del alma.

–Ven Ulises, te voy a mostrar cómo se prepara.

Joao tomó del brazo al joven y lo llevó hasta la barra de tragos. Todos se relajaron y siguieron a los hombres. El mulato, siempre sonriente, tomó un vaso medio en donde puso un limón sutil cortado en trozos, a continuación les dejó caer encima una y media cucharadas de azúcar moreno y procedió a aplastarlos con un mortero hasta que el jugo de limón se mezcló bien con el azúcar formando una melaza agridulce y espesa. A continuación, llenó el vaso con cubos de hielo y sobre ellos derramó tres onzas de *cachaza*. Finalmente, remató el vaso rellenándolo con agua gaseosa, luego, mezcló todo revolviendo cuidadosamente con una cucharita. Antes de servirlo introdujo un par de pajillas en el vaso y quedó listo para beberlo. El vaso se enfrió y comenzó a sudar mientras dejaba ver a través del vidrio empañado como los trozos de limón y los hielos danzaban entre la sabrosa y dulce *Cachaza* de caña de azúcar.

-o-

Receta
Origen: Sao Paulo, Brasil.
Año de creación: principio de 1800.

Ingredientes:
- 3 oz de *cachaza*.
- 1 limón cortado en trozos (lima o sutil).
- 1 ½ cucharadas de azúcar granulada (moreno, de preferencia).
- cubos de hielo crista, molido en trozos.
- Agua gaseosa para rellenar.

Presentación:
Servir en un vaso medio y adornar con una rodaja de limón.

LA MARGARITA

México

52

LA MARGARITA

Tequila, triple sec, zumo de limón, jarabe de azúcar, hielo, sal.

Al entrar a la taberna, vieron a la distancia a su dueño: el mero Emiliano Negrete. El hombre se encontraba en un rincón de la cantina –sentado a una mesa apartada de la luz– frente a una copa que miraba fijamente como si intentara beberla con los ojos; el cáliz de cristal tenía forma de una campana invertida montada sobre un mástil que lo afirmaba a la mesa. La copa contenía un cóctel que a simple vista se veía apetitoso. El tabernero: de corpulentos bigotes y de edad avanzada, con rostro aindiado y robusta contextura física, parecía más bien sufrir que disfrutar el trago que solitario se dejaba querer frente a él.

Ese que está ahí es mi compadre Negrete –le dijo el capitán a Ulises, mientras se abría paso entre las mesas del local en dirección a su amigo-; es un hombre muy bueno, Vamos a saludarlo.

La proximidad de los visitantes hizo que el hombre quitara la vista de la copa y volteara la mirada hacía los que se acercaban. Para poder ver mejor se pasó las manos por los ojos bloqueados por un par de lágrimas que le empañaban la visión.

-¡Homero!, mi cuate. ¿Cómo estás? ¿Cuánto tiempo ha pasado? —exclamó Emiliano, mientras se ponía de pie y salía al encuentro de su amigo.

-Mucho tiempo, mi cuate, pero ya estoy aquí —respondió el capitán mientras se entrelazaba en un abrazo a su amigo.

-Vamos, siéntate conmigo, siéntate —repetía alegre el hombre mientras arrimaba un par de sillas a su mesa.

-Llegamos hace un par de horas a Veracruz, descargamos y nos vinimos de inmediato para acá. Te quiero presentar a mi hijo Ulises.

Emiliano, frunció el ceño y dijo:

-¿No se llamaba Nicos? ¿O me equivoco?

-Ése, es mi otro hijo —respondió Homero, haciéndole un amistoso giño a su amigo.

Mientras se acomodaban a la mesa, el capitán se fijó en la atractiva copa sobre la mesa y preguntó:

-¿Qué estas tomando?

-Nada, "algo" que inventé hace poco: un trago nuevo. Ahora, comamos. Ustedes deben tener hambre. Ya nos traen la comida -respondió poniendo la mirada triste como si algo lo acongojara. Acto seguido, tomó la copa y la bebió de una sola bocanada. El trago, al parecer, le devolvió el alma al cuerpo y el buen humor a Emiliano. La conducta de su amigo causó preocupación en Homero, nunca lo había visto beber de esa forma. Lo recordaba alegre atendiendo a sus clientes con la ayuda de su mujer; una hermosa gringa joven; de tez bronceada y pelo rubio como la miel, que atendía coquetamente las mesas que iba llenando de burritos, enchiladas, tortillas, pulque y tequila.

Pasaron un par de minutos y llegó la comida a la mesa: unos frijoles negros con trozos de cerdo, diversos tipos de ajíes, tortillas recién hechas y unos grandes jarros de cerveza. Los alimentos los trajo una mujer de edad, muy atenta y de largas trenzas negras.

-¿Y qué es de tu mujer?, amigo –preguntó el capitán.

-No está. Ya te cuento –respondió Emiliano, mirando de reojos a Ulises.

Homero no insistió y le hincó el diente a los frijoles. Todos hicieron lo mismo. Durante la comida los amigos acordaron la estadía de Ulises en la taberna, como aprendiz.

La comida se extendió hasta muy tarde; hasta que el tequila cumplió con su misión de sacar del pecho de Emiliano los dichosos recuerdos de cómo encontró el amor en la mujer de su vida:

-Tu sabes Homero, que jamás me había enamorado hasta que conocí a Daisy -comenzó diciendo-. Yo recién había cumplido los 50 y me mantenía firme en mi soltería. Pero *No hay mal que dure 100 años ni tonto que lo soporte*, así que caí en las redes de Daisy. Ese día, para celebrarme me fui a dar un paseo por la caleta y ahí estaba la gringa que terminó con mis días de libertad. Ella estaba coqueteando con los pescadores; les hacía bromas y regateaba con sonrisitas el precio de los pescados. Me sedujo el color de sus ojos verdes y rayitos anaranjados. Me miró y fue como si, yo, por primera vez viera a una mujer. La gringa se dio cuenta de mi asombro y se me acercó. Me preguntó, en español, si yo habla inglés –ella sabía la respuesta, pero lo hacía para jugar conmigo-, le contesté que no, y ella se echó a reír. Me sentí como un tonto, no por no hablar inglés sino… por estar enamorándome.

Ese mismo día se vino a vivir conmigo. Recuerdo que el primer beso que le di tenía sabor a sal; debió ser por la brisa marina que la envolvió mientras estaba a orilla del mar.

Eso hace un poco más de un año, poco antes de tu visita anterior, querido Homero.

-Sí, recuerdo la historia, me la contaste como mil veces el año pasado. Realmente parecías un tonto de amor. ¿Y dónde está Daisy, ahora?

-Se fue. Margarita, se fue. Me dejó.

Homero quedó pasmado ante la respuesta. Miró a su amigo sin poder decir nada. Vio que la mirada de su compadre se nublaba con sendas lágrimas en los ojos. No sabía qué decir y solo atinó a preguntar: ¿por qué la llamas Margarita y no Daisy?

-Comencé a llamarla así cuando descubrí que ese es su nombre en español. No puedo olvidarla. Desde que se fue no he dejado de pensar en ella. Sé que ya no me quiere. Sé que se fue enamorada de otro al igual de cómo se enamoró de mí. Un día, hace un par de meses, tomó sus cosas y me dijo que volvía a su país. Echó sus cosas en un bolso y se subió a una camioneta conducida por un hombre joven que la esperaba a la salida del local. La camioneta tenia patente de Tijuana. Así fue la vida con Margarita; llegó y se fue como un rayo.

-Tienes que olvidarla. No pienses más en ella –dijo por decir algo el capitán.

-No puedo, soy adicto a ella. Si hasta me inventé un trago con su nombre para recordarla.

Ulises, que estaba atento a la conversación no pudo aguantar la curiosidad y se atrevió a pregunta:

-¿Y…, cómo se prepara ese trago?

Emiliano Negrete le devolvió la pregunta con una triste mirada, se puso de pie y mirando a su amigo Homero, dijo:

-Acompáñenme les voy a preparar una *margarita*.

El hombre se encaminó hasta el bar y puso sobre la barra: una copa con forma de campana invertida, una botella de tequila, una de *triple sec* de naranja, un limón, una botella de almíbar, un recipiente con hielo molido y un plato con un poco de sal esparcido el él.

-¿Por qué le puse *margarita* a mi trago? –preguntó, retóricamente, Emiliano. Y se respondió a sí mismo: porque es igual a la mujer que lo inspiró.

Acto seguido tomó una cóctelera en donde fue echando los ingredientes mientras decía:

-Su piel es blanca como el tequila (2 oz); sus ojos son verdes como este limón (1 oz de jugo) y tienen rayitos anaranjados como el *triple sec* (1 oz); y aunque recordarla es amargo, también me dejó dulces recuerdos como el almíbar (1 oz). Luego, tomó la copa y le humedeció el borde con jugo de limón y lo escarchó con la sal, diciendo: *cuando lo bebo me deja un sabor salino en la boca como el primer beso que le di.*

Al finalizar su relato, y antes de servir el líquido, llenó la copa con hielo molido mientras decía que: *al final del romance el corazón de Margarita resultó ser más frio que el hielo.*

Agitó la cóctelera y vertió la mezcla de los líquidos en la copa con forma de falda.

-No hay nada mejor que una *margarita*; porque una vez que la bebes te vuelve el alma al cuerpo y te alegra; es lo mismo que provocó la gringa Daisy en mí –terminó diciendo Emiliano, mientras llevaba a su boca el trago recién preparado frente a sus amigos.

-o-

Receta
Origen: México.
Año de creación: a mediados de 1900.
Ingredientes:
* 2 oz de tequila.
* 1 oz de *triple sec (Cointreau)*.
* 1 oz de zumo de limón (lima o sutil).
* 1 oz de almíbar (o una cucharada de azúcar impalpable)
* Hielo en *frappe*.
* Sal (para escarchar la copa)
Presentación:
Servir en *copa margarita* y adornar con una rebanada de limón.

EL BOLSHOI VASILI

Rusia

EL BOLSHOI VASILI
Vodka, limón, albahaca, azúcar, soda, hielo.

En junio, en plena primavera rusa, el "Ulises" atracó en el puerto de Leningrado[1]: llegó para cargar botellas de vodka y latas de caviar. El capitán Homero aprovecharía la recalada para entregar un par de cajas de albahaca que traía desde España para su amigo Vasili Vasilievich Petrov, y además le pediría que se hiciera cargo, por un tiempo, de su hijo Ulises.

-Vasili, es un gran hombre. Es un tipo generoso. Te va a encantar –le decía el capitán a su ahijado mientras maniobraba el timón del barco para apoyarlo al muelle.

---

[1] Actual, San Petersburgo. La ciudad recupero su nombre en junio de 1991. El nombre de la ciudad es en honor al zar Pedro el Grande (1672-1725)

Una vez atracado el barco y cargado con cientos de botellas de vodka y miles de tarros de caviar, el capitán tomó a Ulises de un brazo y lo llevó a la bodega del barco, ahí puso en sus brazos un par de cajas de cartón repletas de albahaca española fresca y partieron rumbo a la taberna de Vasili. Se fueron caminando por los innumerables puentes que cruzan los canales de Leningrado. Pasaron frente al museo Hermitage y a las múltiples iglesias ortodoxas que se encuentran repartidas por las calles de la ciudad.

Durante el trayecto el capitán le hablaba con entusiasmo de su amigo Vasili a Ulises, como queriendo entregarle una buena imagen por adelantado de quien sería por unos meses su tutor en la ciudad de las noches blancas. Homero decía:

-Vasili, en la Segunda Guerra Mundial, primero fue tanquista de un T-34 soviético, en él llegó desde Moscú hasta Leningrado que estaba sitiada por los alemanes y como era una guerra de posicionamiento se convirtió en francotirador; el mejor de todos. Las leyendas que inspiró mi amigo relatan que él solo dio cuenta de más de 300 soldados fascistas que pretendían tomarse la ciudad.

Ulises, escuchaba a su padre adoptivo, miraba a su alrededor y no podía imaginar esa hermosa ciudad atormentada por la guerra; veía para lado y lado y todo se veía tan apacible y próspero. Mientras tanto el capitán seguía con su relato:

-Fue aquí, durante el sitio, que a Vasili lo comenzaron a llamar *Bolshoi Vasili*, porque junto con luchar se daba el tiempo para entretener a sus camaradas: les cantaba y los distraía contándoles cuentos del folclor ruso, incluso, cuando podía les preparaba hasta un trago con las pocas cosas que podía encontrar en sus recorridos por la ciudad buscando enemigos.

-Padre, y que significa *Bolshoi Vasili* –preguntó, inesperadamente Ulises.

-Ah, significa: "Gran Vasili".

Ulises, al escuchar con qué entusiasmo el capitán hablaba de su amigo, lo imaginó un hombre grande y robusto, con la misma facha de los héroes de guerra que aparecían en las novelas bélicas que había leído. Se lo imaginaba igual que el joven soldado Aliosha de la novela "Balada de un soldado", que tuvo la precaución de leer cuando se enteró que se dirigían a tierras rusas.

Al llegar a la avenida Kírov se toparon con una inmensa puerta de madera con un gran cartel sobre ella que decía *"Таверна Василя"*[2]. Cruzaron el umbral y se encontraron con una posada repleta de personas comiendo y bebiendo. El ambiente estaba envuelto en el agradable aroma del *borsh*[3] con crema. El capitán se dirigió directo a la parte trasera del local en donde, sin dudas, encontraría a su gran amigo. Ulises se quedó a la espera en el salón principal.

Pasaron algunos minutos y el capitán regreso acompañado de un hombre de apariencia menuda; de no más de 1.60 de estatura, ataviado con un mandil y gorro blancos. "Este debe ser el cocinero", pensó Ulises.

-Te presento a mi amigo Vasili.

Ulises, disimulando la sorpresa, extendió su mano hacia el hombre:

-Hola, mucho gusto, mi nombre es Ulises.

-Lo mismo digo. Me llamo Vasili –respondió el cocinero que lo miraba con ojos vivaces de color azulinos.

---

[2] Taberna de Vasili, en ruso.
[3] Sopa de repollo y remolacha. Plato insignia de la cocina rusa.

Vasili tomó de los brazos a ambos hombres y los llevó hasta una mesa en donde había mandado poner una gran cantidad de platos típicos; *pelmeni*[4] de cerdo, *blini*[5], *kvas*[6], *borsh* de repollo rojo, pescado salado y *vodka*. También había unos seis tipos de pasteles. El festín lo inició Vasili con un brindis de *vodka* en salud a los recién llegados, luego, los tres se sentaron a la mesa y comieron hasta más no poder; todo acompañado de varios brindis más con *vodka* y *coñac* azerbaiyano, entre plato y plato.

Al terminar el suculento banquete, Vasili preguntó a sus invitados si se animaban con un trago más para rematar la comilona.

-Te acepto, siempre y cuando sea al tuyo –respondió perentoriamente y en broma, Homero.

-Entonces, que así sea. Ya regreso –respondió Vasili, mientras se paraba de la mesa rumbo a la barra del bar. Regresó con una cóctelera, un par de limones lima, una rama de la albahaca que recién le había entregado el capitán, azúcar, agua gaseosa, hielo en cubos y una botella de *vodka*.

---

[4] Ravioles rusos.
[5] Crepes.
[6] Bebida analcohólica de cebada

Puso los ingredientes en la mesa, frente a sus amigos, y se dispuso a preparar la deseada bebida.

-¿Qué va a preparar? –interrogó, en voz baja, Ulises al capitán.

- Nos hará su famoso *bolshoi vasili*. Pídele que te cuente dónde lo creó –respondió, con tono cómplice, Homero.

Al escuchar las palabras de su amigo, Vasili se sentó frente al muchacho y comenzó el relato sugerido:

-Después de expulsar a los alemanes de Leningrado nos fuimos directo hasta Berlín. Marchamos a pie, día y noche. Sabíamos que ya los teníamos derrotados, pero queríamos aplastar totalmente a los fascistas en su propia casa; nos queríamos cobrar los millones de vidas rusas que nos arrebataron. Al derrotar al fascismo no solo liberamos a nuestro pueblo, también lo hicimos con gran parte de Europa. Sabíamos que esa responsabilidad siempre había estado sobre nuestros hombros. Cuando entramos a Berlín, sabíamos que estábamos solos, pero luchamos por todos nuestros muertos y por la *madre rusia,* hasta que nos tomamos el *Reichstag*; yo fui el que plantó la bandera del Ejército Rojo sobre su fachada. Después del triunfo y de haber pasado mucha hambre nos pusimos a buscar alimentos. Encontramos bodegas repletas de comida fresca; había de todo, incluso verduras frescas. Esas bodegas eran como el paraíso para nosotros. Entonces, tomé estos mismos ingredientes –dijo, indicando los que tenía en la mesa- y los mezclé según mi imaginación; el resultado fue maravilloso".

-¿Lo quieres probar? –preguntó por preguntar y sin esperar la respuesta puso en la cóctelera: unos cuantos cubos de hielo, cuatro medidas de *vodka,* tres medidas de limón, unas tres hojas de albahaca, dos cucharas de azúcar, y al último, un poco de agua soda. Agitó con fuerza la cóctelera por uno segundos, pasó el batido por el colador y vertió la mezcla en una copa alta. Antes de servir, adornó la copa con una rodaja de limón y una hoja de albahaca. Acto seguido se la ofreció a Ulises diciéndole:

-Pruébalo y sabrás por qué me apodaron *Bolshoi Vasili.*

-o-

Receta
Origen: Moscú, Rusia.
Año de creación: 1945, aproximadamente.

Ingredientes:
- 4 oz de *vodka*.
- 3 oz de zumo de limón o lima.
- 3 hojas de albahaca.
- 2 cucharadas de azúcar.
- Soda.
- Hielo.

Presentación:
Servir en una copa alta adornada con una rodaja de limón y una ramita de albahaca.

EL MOJITO

Cuba

EL MOJITO

Ron, lima, hierbabuena, azúcar, agua soda, hielo.

Pasado un año desde que Ulises desembarcó en Leningrado, nuevamente volvió a reencontrarse con su padre, el capitán Homero. En el puerto se despidieron de Vasili y el barco tomó rumbo a Cuba, a cargar azúcar y ron. Desamarraron la embarcación y el capitán gritó a todo pulmón: -"¡Vamos tras de ti, sir Drake!".

Ulises, había escuchado hablar de Cuba, pero no entendió qué tenía que ver ese tal Drake, con el viaje que con tanto entusiasmo celebraba su padre.

Pasaron unos días de navegación, hasta que en un atardecer cuando el capitan se encontraba solo en su camarote entro Ulises y le preguntó:

-¿Quién es ese, sir Drake, que a usted le gusta tanto?

-A ti te va a interesar mucho saber de él -respondió el capitan- ¿Sabías que él inventó un de los tragos más famosos del mundo? Sir Drake, sin querer, invento el famoso *mojito*.

-¡Claro que me interesa! Vamos, cuénteme la historia.

-Bueno, bueno. Lo primero que debes saber es que Drake era un corsario; algo así como un pirata con permiso y protección de la corona inglesa para asaltar los barcos españoles que encontrara en su camino. Eran "piratas legales". Uno de ellos fue Francis Drake, a quien la reina Isabel I le dio el título nobiliario de *sir*, o sea, caballero de su corte. Su trabajo era perseguir los barcos españoles que navegaban por el mar caribe y las costas sureñas del Atlántico, pero estos "caballeros" eran simples asaltantes del mar y la reina les daba permiso para que robaran libremente a cambio que un gran porcentaje de lo obtenido fuera a llenar sus arcas personales. A cambio les daba protección. En sus tropelías uno de los lugares preferidos para fondear sus naves era Cuba. Ahí, conocieron la *tafia*, un aguardiente hecho de la caña de azúcar; era alcohol de muy baja calidad, pero a los corsarios no les importaba, lo importante era que les servía para sus borracheras. El primo de Drake, un tal Richard, lo usaba para mantener contento a sus bandidos. En sus naves, los primos Drake, llevaban gran cantidad de *tafia* para envalentonar a sus marinos antes de iniciar los asaltos que cometían en el mar, y después de las fechorías lo usaban para celebrar. Richard, que era un poco más despabilado que el resto, consumía el aguardiente con un poco de azúcar y menta. También tuvo la ocurrencia que el cóctel de *tafia* podía ayudar a sus hombres a combatir el escorbuto, por falta de vitamina C, así que le agregó jugo de lima al trago. El brebaje, bastante mejorado, lo llamó *drakecito*, en honor a él mismo y a su famoso primo. Aunque el trago mejoró bastante, seguía siendo de muy mala calidad y mal sabor. Pero como el cóctel inventado por él tenía fines terapéuticos, Richard ordenaba tomarlo a su tripulación cada cierto tiempo. Por mucho tiempo el *drakecito* se conoció como medicina.

Ulises, escuchaba con atención el relato del capitán cuando de pronto el barco dejó de moverse.

-Maldición, caímos en los sargazos –gritó furioso el capitán.

Ulises salió de la cabina y se asomó por la borda, vio que el barco estaba rodeado por millones de algas que parecían racimos de uva flotando sobre las aguas. Los racimos de sargazos se extendían hasta donde la vista se perdía y el barco se movía a duras penas abriéndose camino de a centímetros, nada más. Así de quietos estuvieron por tres días, hasta que de pronto amaneció sin ninguna alga a la vista, con sol radiante y una suave brisa que los impulsó de nuevo sobre las aguas que se rizaban de alegría.

-Se fueron a fondo por la brisa y el sol que las secó – comentó con serena alegría el capitán.

Al día siguiente atracaron en La Habana.

Después de dos días de arduo trabajo de bajar y subir botellas de licores, llegó la hora de conocer la ciudad.

-Vamos a ir por unos *mojitos* a "La bodeguita del medio", para que los conozcas de primera mano –le dijo el capitán a Ulises.

El hombre y el joven agarraron camino por el malecón costero, luego cruzaron el patio de la catedral hasta llegar a la calle Empedrado. Ahí en la fachada de un local poco agraciado colgaba un letrero, también sin gracia, que anunciaba: "La bodeguita del medio". A pesar que el local se veía sin gran atractivo estaba repleto de turistas que se peleaban por entrar. Ante tal muchedumbre, el capitán y Ulises, tomaron por un costado del local, por una puerta que solo conocían los amigos del dueño del local. Entraron por un pasillo largo que los llevó directo a la barra del bar. Ahí estaba un hombre con una hilera de vasos a lo largo del mesón preparando de una vez 10 vasos de *mojitos* bajo la mirada de un grupo de curiosos turistas que esperaban sedientos por la famosa bebida de La Habana. El *show* del barman consistía en la preparación del cóctel y el relato de cómo preparar el trago:

-"El famoso *drakecito* murió para siempre cuando entraron a este local Ángel Martini: el mejor barman de la ciudad; y Ernest Hemingway: famoso escrito y gran bebedor.

"Ángel, fue el primero en usar el ron añejado para esta exquisita preparación; el mejor del mundo: el Habana Club (el barman puso la botella en el mesón).

"Hemingway, el escritor, que tenía un paladar refinado le iba aconsejando qué ingredientes usar para el cóctel. Le dijo: usa hierbabuena, limón, azúcar, agua con gas, y mucho hielo (el barman, también puso estos ingredientes sobre el mesón).

"Damas y caballeros, ahora verán cómo se prepara el auténtico *mojito* de La Habana:

"Primero, ponen una ramita de hierbabuena en el vaso, luego le agregan el jugo de media lima, dos cucharaditas de azúcar y un chorrito de agua. Una vez hecho esto, con un mortero van aplastando y mezclando, con mucho cuidado, estos ingredientes, solo un poco (la mezcla dejó escapar un aroma exquisito a hierbabuena que inundó las narices de los mirones).

"Ahora, agregan 3 onzas de ron Habana Club, revuelven un poco y completan el vaso con mucho hielo.

"Para terminar, se rellena el vaso con agua gasificada y se adorna con una ramita de hierbabuena y una rodaja de lima, y… listo; así es como le gustaba a Hemingway su *mojito,* aquí, en "La Bodeguita del medio".

La tremenda presentación arrancó grandes aplausos de la audiencia que estiraba las manos sedientas para asegurase con un vaso del afamado cóctel, por el cual habían cruzado medio mundo para disfrutarlo en su cuna.

El capitán alcanzó a atrapar uno de los vasos que le acercó su amigo barman que lo vio entrar justo antes de iniciar su rutina que repetía cada 15 minutos, durante todo el día.

-Toma, disfruta de este sabor único. Después iniciamos el viaje de regreso a Valparaíso –le dijo con cariño el viejo marinero al joven que él había adoptado por hijo.

-o-

Receta
Origen: La Habana, Cuba.
Año de creación: 1942, aproximadamente.
Ingredientes:
- 3 oz de ron blanco.
- 1 oz de jugo de lima.
- Agua gasificada (puede ser remplazada por Agua Tónica).
- 6-8 hojas de hierbabuena (o menta).
- 2-3 cucharaditas de azúcar blanca.
- 1 ramita de hierbabuena.

Presentación:
Servir en un vaso largo y adornar con una rodaja de limón y ramita de hierbabuena.

EL ARAUCO MIEL

Valparaíso-Chile

EL ARAUCO MIEL

Araucano (*bitter* chileno), jarabe de miel, zumo de naranja, albahaca,
hielo.

El Ulises recaló de noche en *La joya del pacífico:*
como llaman los marineros a Valparaíso. Al entrar de noche
al puerto, el joven pudo apreciar la belleza imponente de la
ciudad que abraza con sus luces la bahía, cual collar de
perlas. Las luces de la ciudad parecían derramarse desde los
cerros hasta el mar donde se quedaban flotando entre las olas.

Parado en la baranda del barco veía como la ciudad
se acercaba de apoco hacia él junto con sus recuerdos.
Recordó a su madre y hermana rogándole que no se fuera y a
su padre borracho amenazándolo antes de partir.

Volver fue como despertar de un sueño que lo alejó
por varios años de su atormentada familia. Pero todo eso
estaba en el pasado. Ahora regresaba a su ciudad para saldar
la deuda que tenía consigo mismo: ser feliz.

El capitan al verlo tan sumido en sus recuerdos lo abrazó por los hombros y le dijo:

-Amo este puerto, para mí es como llegar a casa, en Grecia.

-Sí, este puerto es inolvidable.

-Mañana bajaremos a comer al mercado y a visitar a un amigo.

Ulises escuchó al capitan y pensó: "Nací en este puerto y no sé nada de él; he estado mucho tiempo lejos".

-Seguro que conoces poco de tu ciudad –dijo el capitan, como adivinando lo que decía la mirada perdida de Ulises.

A la mañana siguiente, después de la rutina de descargar, los hombres quedaron libres para ir por la ciudad. El joven y su padre adoptivo salieron rumbo al mercado de abastos de la ciudad que a esa hora ya estaba repleto de los gritos de los comerciantes que llamaban a los compradores que se apertrechaban de verduras y frutas frescas a *precio de huevo*. Pasaron por entre las pilastras repletas de productos frescos rumbo a las cocinerías que ya tenían listas las cazuelas y pescados fritos. Se sentaron a una mesa y comieron *sándwich* de pescado, recién frito.

Salieron del mercado y enrumbaron por calle Yungay.

-Vamos donde mi amigo Virgilio, a ver que va a cargar para Brasil y Europa –dijo el capitan, mirando al joven.

-¿Y qué vende él?

-Varios tipos de licores. Pero el más suculento y exquisito es el *Araucano*: un *bitter* de lo mejor que puedas probar. A ti te va a interesar probarlo.

-Pero los *bitter*es son de Alemania; ahí están los mejores, por lo que yo sé –respondió Ulises, con cara de curiosidad.

-La calidad depende de sus fabricantes. Ya vas a ver.

Luego de caminar unas cuantas cuadras por calle Yungay llegaron hasta un antiguo y espacioso galpón que en el primer piso lucia orgulloso los alambiques y los grandes toneles de madera que contenían los destilados de la familia Brusco. En el segundo piso vivía la familia como era la costumbre de los primeros emigrantes que llegaban para instalarse con sus negocios en el principal puerto del Cono Sur.

La familia Brusco era la guardiana de la primera receta de *bitter* hecha en Valparaíso; el destilado de hierbas fue creado por Fritz Hausser, quien copio una vieja receta alemana y la comenzó a vender como tónico estomacal en la farmacia *El León* de la calla Esmeralda. Luego la compró la familia Leporatti y de ahí pasó a manos de don Virgilo Brusco, un emigrante genovés que al probar "el tónico" se dio cuenta que se podía vender en Europa como el mejor de los *bitter* europeos.

-¡Virgilio! ¡Amigo!, ¿cómo estás? –grito con alegría el capitan para llamar la atención de su amigo que estaba dirigiendo la carga de una botellas.

-¡Qué gusto!, Homero. Ven para abrazarte.

Los amigos se abrazaron.

Al momento de presentar a Ulises, Homero dijo que era un gran barban que venía a instalarse a Valparaíso y que se interesaba en el *bitter* de la familia Brusco para su bar. Ulises miró con sorpresa a su padre quien le respondió con un giño cómplice.

-¿Quiere probar el *Araucano*?, ningún problema. A todo el mundo le gusta –respondió Virgilio con una sonrisilla de satisfacción.

Virgilio Brusco entro en una pequeña bodega y regresó con una botella del licor y un vaso. Le sirvió un poco a Ulises y esperó por la reacción del joven. Ulises cerró los ojos mientras degustaba el sabroso licor y lo imaginó como el trago insignia en su futuro bar; en un segundo se imaginó poniendo en una cóctelera: dos cubos de hielo, dos onzas de *Araucano,* un par de hojas de albahaca, una onza y media de jarabe de miel, y cinco onzas de zumo de naranja. Se imaginó que lo agitaba por un rato y que lo servía en un vaso largo lleno de hielo.

Terminó de saborear el licor y -como si estuviera solo- suspiró en voz alta con la mirada pérdida en sus sueños y en su bar:

-¡Va a quedar muy bueno! Será el mejor trago del puerto.

Virgilio no entendió para nada el comentario de Ulises, pero el capitan se adelantó a explicarle:

-Quiere instalarse con un bar; hasta le tiene nombre: "El bar de los siete mares"

Todos rieron y se echaron otros tragos del exquisito *bitter* porteño.

-o-

Receta
Origen: Valparaíso, Chile.
Año de creación: 2020.
Ingredientes:
- 2 oz de *Araucano*.
- 5 oz de zumo de naranja.
- 1 ½ oz de jarabe de miel.
- 2 hojas de albahaca.
- 3-4 cubos de hielo.

Presentación:
Mezclar todos los ingredientes en una cóctelera con un par de hielos y servir en:
Vaso largo lleno de hielo. Adornar con un *twist* de naranja y hoja de albahaca.

LA VAINA

Chile

La Vaina

Vino añejo, coñac, licor de cacao, azúcar, yema de huevo, hielo, canela en polvo.

Andrés salió extenuado de su gabinete de trabajo donde había estado -por varias horas- esforzándose en darle una redacción clara y correcta al gigantesco trabajo que la universidad le había encargado entregar a la imprenta de Manuel Rivadeneira en Valparaíso. En la calle, el calor veraniego se hacía sentir con arrogancia. Para despejarse un poco del arduo trabajo decidió caminar en busca de una cerveza. Cruzó la calle y se internó por una angosta y simpática callejuela cubierta por adoquines de piedra. Al poco andar se topó con un bar que en su fachada exhibía un letrero que decía: *Bar de los siete mares*.

La curiosidad por el atractivo nombre lo instó a entrar en la taberna. Se dirigió directo a la barra donde un joven cantinero se esmeraba en completar el crucigrama de un roñoso y ajado periódico. Se sentó frente a él, lo saludó y le pidió una cerveza.

-¿A qué temperatura la quiere, señor? —consultó el cantinero.

Al hombre le llamó la atención la consulta; nunca antes le habían preguntado por la temperatura para disfrutar su cerveza. Encontró que fue una interrogación correcta, porque sin dudas, no todos los clientes debían tener el mismo paladar. Le respondió:

-Démela muy fría, por favor.

El joven metió las manos bajo la barra desde donde sacó una gran servilleta de papel que dispuso frente a su cliente, sobre ella posó un alto vaso de cristal reluciente. Luego, se alejó unos cuantos pasos y regresó con una botella de cerveza que lucía muy fría. La destapó y la vertió en el vaso dejando una corona de espuma de unos dos centímetros. El cliente tomó el vaso y disfrutó de su bebida jamás antes servida con tanta delicadeza. La cerveza estaba perfecta.

Al otro día realizo el mismo trayecto a su casa, desviando sus pasos al bar del día anterior. Se sentó a la barra del bar, y antes de que pudiera pedir el cantinero se adelantó a decir:

-¿Una cerveza bien helada, señor? Mi nombre es Ulises.

-Sí, gracias. Yo me llamo Andrés y usted se llama como el mítico navegante griego –respondió, el cliente.

-Así es, incluso hay un barco que lleva mi nombre – agrego simpáticamente el cantinero.

Durante las próximas semanas, el pasar por una cerveza se convirtió en hábito para Andrés. Pero una tarde en que la temperatura había disminuido, sin previo aviso, en pleno verano, entró al bar con algo de frio.

-¿Una cerveza bien helada, don Andrés? –preguntó Ulises.

-No. Hoy no. Tengo un poco de frio, ¿qué me puede ofrecer?

-¿Un *whisky* doble?

-No. Muy fuerte.

-¿Una *margarita*?

-No, gracias. Tengo ganas de probar algo diferente.

-¿Usted es venezolano? ¿Verdad? Lo sé por su entonación. Le puedo preparar algo nuevo: un cóctel en que he estado trabajando hace algún tiempo; algo con sabores cálidos y dulces. Como le gusta a los de su tierra –le ofreció Ulises con una amable sonrisa.

-Bien. Veamos que tiene.

El cantinero giró sobre sus pies y con las manos en jarra sobre sus caderas miró la estantería con las botellas de licores y vinos que tenía en exhibición. Pensó unos segundos y acto seguido tomó la botella de Coñac, la de licor de cacao, y la de vino añejo dulce; las puso en la barra frente a su cliente. Luego, sacó de debajo del mesón un huevo, azúcar impalpable y canela en polvo. Andrés lo miraba con entusiasmo y curiosidad.

Ulises tomó la cóctelera y puso en ella 2 cubos de hielo cristalino, agregó 1 onza de Coñac, 1 onza de licor de cacao, y 2 onzas de vino añejo dulce. Luego, tomo el huevo, lo partió y separó la yema que echó en la cóctelera. También agregó a la mezcla 1 cucharada de azúcar impalpable. Cerró la cóctelera y comenzó a agitarla frente a su admirado cliente. Mezcló los ingredientes hasta que el hielo dejó de sonar contra las paredes del recipiente. Una vez que todo estuvo bien batido lo vertió en una copa; el brebaje de colar gamuza formó una hermosa, firme y cremosa espuma de tono blanco invierno que fue espolvoreada con una delicada aureola de canela en polvo. Ulises acercó la copa a su convidado y le dijo: "Disfrútelo".

El polímata llevó la copa a sus labios y sintió el sabor de la crema recién preparada: el polvo de canela perfumó su nariz, el vino con el cacao llenaron su boca y el Coñac con la yema de huevo le entibiaron el cuerpo.

-¡Exquisito! –fue todo lo que atinó a decir, Andrés, con el placer reflejado en su mirada. Terminó su trago y se retiró. Al día siguiente debía viajar por un par de semanas a Londres.

De regreso a sus labores para la universidad de Chile, lo primero que hizo al terminar sus obligaciones fue dirigirse al *Bar de los siete mares*. Entró al recinto con el recuerdo del exquisito cóctel degustado por él antes de su viaje a Inglaterra. Apenas se sentó a la barra del bar se acercó Ulises quien lo saludó amablemente:

-¡Don Andrés! ¿Cómo está? Tanto tiempo sin verlo por aquí, ¿qué va a tomar?

-Estuve fuera del país por un tiempo, pero ya regresé por su cóctel.

-¿Qué cóctel? –interrogó con amabilidad, Ulises.

-Ese que me preparó la última vez que estuve aquí.

-Discúlpeme, don Andrés, pero no recuerdo qué trago fue. Si me ayuda a recordar se lo agradeceré.

-Ese que lleva vino añejo…, huevo… ¡Esa vaina pues!

-¡Ah, ya recuerdo! ¿Así que se llama "Vaina"? –exclamó Ulises.

-¡No! Ese no es el nombre. "Vaina" es la forma que tenemos los venezolanos para decir: "Esa cosa" o "Esa cuestión".

-Entiendo, entiendo. Y ya que le gustó tanto bauticémoslo con ese nombre en honor a su pueblo y a usted mismo, don Andrés.

-¡Perfecto!, querido Ulises. Que así sea. Entonces: sírvame una "Vaina", por favor –le pidió don Andrés Bello a Ulises.

-o-

Receta
Origen: Valparaíso, Chile.
Año de creación: 1850, aproximadamente.

Ingredientes:
- 2 oz de vino añejo (o dulce).
- 1 oz de Coñac.
- 1 oz de licor de cacao.
- 1 oz de jarabe de azúcar, o 1 cucharada de azúcar impalpable.
- 1 yema de huevo.
- 2 cubos de hielo cristal (hielo hecho de agua desmineralizada).
- Canela en polvo, para espolvorear.

Presentación:
Servir en copa alta y espolvorear con un poquito de canela en polvo la superficie.

98

BAR DE LOS SIETE MARES
Carta de cócteles

PISCO *SOUR*
Perú

---

3 oz de Pisco
1 oz zumo de limón; lima o de
  Pica
1 oz de jarabe de azúcar (o una
  cucharada de azúcar impalpable)
1 cucharadita de clara de huevo
3 gotas de *bitter*

En licuadora
3 medidas de Pisco
1 medida de limón
1 medida de almíbar
6 hielos
1 clara de un huevo
  Gotas de amargo al servir

Servir en copas fría.

TOM COLLINS
USA

---

3 oz *gin*
1 oz zumo de limón
1 oz jarabe de azúcar
  Agua gasificada

Preparar directo en vaso
largo lleno de hielo.

GIN TONIC
Inglaterra

---

2 oz de *gin*
8 oz de Agua Tónica
  Twist de limón.
  Copa grande (o vaso) llena de
  hielo.

Preparar directo en la copa o vaso.

CAPITAN
Perú

---

2 oz Pisco (40°)
1 oz *Vermut Rose*
  Gotas de Amargo
  Lasca de naranja c/cereza

Preparar en vaso mezclador.
Servir en copa previamente
fría.

MOJITO
Cuba

1 ramita de yerba buena (o, menta)
2 cucharas azúcar
1 oz zumo de limón
3 oz de ron blanco
   Agua gasificada

   Preparar directo en el vaso.
   Vaso largo lleno de hielo.

MANHATTAN
USA

2 oz *whisky*
1 oz *Martini Rose*
1 Cereza
   Gotas de amargo

Preparar en vaso mezclador
Servir en *copa martini* previamente
fría

WHISKY SOUR
USA

2 oz *whisky*
1 oz jarabe de azúcar
½ oz zumo de limón
   Clara de huevo (opcional)
   Rodaja de limón y cereza

   Batir en cóctelera con hielo.
   Adornar con el limón y la cereza.

MARTINI DRY
USA

2 oz *gin*
1 oz *Vermouth* seco (blanco)
1 aceituna cóctel
   Twist de cascara de limón

Preparar en vaso mezclador.
Servir en *copa martini*
previamente fría.

CAIPIRIÑA
Brasil

1 Limón lima cortado en
   gajos
1 ½ cucharadas de azúcar
3 oz de *cachaza*
3 cubos de hielo trozados
   Agua gasificada (o, Tónica)
   Gotas de amargo (opcional)

   Preparar directo en el vaso.

VAINA
Chile

2 oz vino añejo
1 oz coñac
1 oz cacao
1 Yema de huevo
1 cucharada de azúcar
   impalpable

Mezclar en cóctelera con
hielo y adornar con canela en
polvo

PICHUNCHO
Chile

2 oz de Pisco
1 oz de *Vermut*
1 torreja de limón

Preparar en vaso mezclador.
Servir en copa previamente fría

MARGARITA
México

2 oz *tequila*
1 oz *triple sec*
1 oz Zumo de limó
  Hielo *frappe*.
  Sal

Preparar en vaso mezclador.
Servir en copa llena con hielo
frappe y crústa de sal en el
borden y rodaja de limón.

RUSSIAN BLACK
Bélgica

2 partes de *Vodka*
1 parte de licor de café
2 cubos de hielo
½ oz de azúcar

Servir en vaso de *whisky*.
Preparar directo en el vaso.

CAFÉ IRLANDES
Irlanda

1/3 de *whisky*
1/3 café expreso suave
1/3 crema
  Azúcar morena

Entibiar (40-50 °C, aprox.) el
whisky con el azúcar, agregar
el café, rellenar con crema.

Adornar con polvo de café.
Preparar directo en el vaso.

ARAUCO MIEL
Chile (Valparaíso)

2 oz de *Araucano*.
5 oz de zumo de naranja.
1 ½ oz de jarabe de miel.
2 hojas de albahaca.
3-4 cubos de hielo.

Preparar en cóctelera.
Servir en vaso largo.

BOLSHOI VASILI
Rusia

4 oz de *vodka*.
3 oz de zumo de limón o
  lima
3 hojas de albahaca.
2 cucharadas de azúcar.
  Agua soda.
  Hielo.

Preparar en cóctelera.
Colar y servir en copa.

GLOSARIO DE TÉRMINOS

- **Agua soda**: agua gasificada.
- *Bitter*: licor de sabor amargo y color oscuro. Se obtiene de macerar diferentes hierbas y especias en alcohol etílico. Las mezclas pueden variar mucho en la cantidad de hierbas que usan.
- **Cóctelera**: vaso grande -de metal o vidrio- con tapa, para mezclar por agitación los ingredientes de un cóctel.
- **Crústa**: escarcha de azúcar o sal que se pega al borde de un vaso para resaltar el sabor del cóctel.
- **Jarabe de azúcar**: almíbar resultante de mezclar una y media partes de azúcar con una de agua. (Se calienta a fuego lento hasta que suelte las primeras burbujas. Se deja enfriar a temperatura ambiente).
- **Jarabe de miel**: almíbar resultante de disolver una y media partes de miel en una y de agua caliente.
- **Lasca**: corte plano o longa de la corteza de un fruto.
- **Lima**: cierta variedad de limón (de color verde, no tiene pepas)
- **Onza**: equivale a 30 mililitros.
- *Twist*: espiral hecha con la cascara de un fruto.
- **Vaso mezclador**: vaso grande de unos 450 ml
- **Zumo**: jugo extraído de algún fruto. No diluido con agua.

106

UTILERIA BASICA

Cóctelera de 3 partes

Vasito medidor

Mortero

Cuchara de bar

Colador *gusanillo*

Exprimidor de limones

Cuchillo coctelería

Vaso mezclador

Botella dosificadora